망치쟁이 아리랑

문대준 제2시집

달공(月工)

달빛은 차분히
말없이 나를 바라봤다.
졸린 눈으로 어두운 골목을 걸을 땐
내 앞을 비췄고,
바쁜 출근길에 허덕일 땐
어머니처럼 걱정스레 길을 비춘다

아내가 들리지도 않을 만큼의 자장가 소리로
잠 깬 아이들의 칭얼거림을 토닥이면
달빛은 창 너머 어둠에다 몸을 숨기고
모두가 잠든 새벽은 서늘한 고요뿐이다.

찬 서리에 들어박힌 자라 모가지는
나오질 않고,
손 시려움이 주머니 속까지 쫓아와
손끝을 찔러댔다.

저 현장 마당에 앉은 서리는
수정처럼 반짝이고, 별빛처럼 깜빡였다.
말없는 반짝임은 시리도록 차갑다.

겨울 문턱에서 반짝이다
날 새 녹아 흐르면 검은 죽음으로 변할
나뭇잎이 보석이라도 입은 듯이
뽐내 서 있었고

한 줌 햇볕에 녹아내릴 싸구려 보석들은
허망하게
물방울처럼 흘러내릴 반짝임을
달빛 앞에 자랑한다.

달빛을 좋아했다.
말이 없어서였다.

조용한 달빛을 깎아 나를 완성하고 싶다

말 없는 너의 여백에
나를 가미 하고
달빛에다 나를 녹여
목수가 짓지 못한 달의 집을 지으려 한다
글자로 깎아낸 아담한 초가를 달빛 속에 짓는다

달공(月工)
달빛 속을 살아가는 노동자.
까맣게 그을린 건설노동자의
얼굴을 반짝여 주는,
캄캄함 속의 거대한 빛.
너와 내가 달빛 속을 살아가는 이야기.

달공,
너는 달빛 속에서 분주했고,
달빛 속을 겁 없이 뛰어넘었고,
이제 그 달빛 아래 앉았다

그러나 초라하지 않다.
너의 머리에 눌러쓴 하얀 달빛이
세상의 어둠을 밝혔고 새벽의 빛,
새벽 장닭 울음처럼 고요함을 깨우며 살아왔기에 그대는
한없이 당당하다.

필명을 썼다.
"달공(月工)" 달빛을 사랑한 노동자
시와 노동이 어우러지는, 내 삶의 또 다른 이름을 적는다.

시인 문대준

- 목차

 ## 망치쟁이 아리랑 (노동시)

망치쟁이 아리랑 9	망치질 소리 32
흙수저로 살던 너 10	목수의 하루 34
안전모 12	여보 미안해 36
세상 속의 늪 14	상전 37
고단한 올림픽대로 16	한여름 죽음 같던 하루 38
일용직 18	휴가 주는 새벽 비 40
집으로 가는 길 20	변환장치 42
찢어진 작업복 22	으르렁 43
공사장에도 매미가 운다 24	망치의 서툰 사랑 44
목수의 아내 25	무쇠가 닳았다 46
대못 박힌 가슴 26	망치 안녕 47
천국의 계단 28	천수답 48
모기장엔 모기가 산다 30	저 하늘 상여소리 50

 ## 엄마의 나라(고향시)

종부 52	내가 구름이라면 75
요양병원에 어머니를 모셔두고 54	우중화(雨中花) 76
엄마 구름 55	꼬마별 반딧불이 77
어머니의 감수광 56	연인 되어 찾아온 딸에게 78
분내음 58	고향 만리 80
장보따리 60	누님의 자랑 무화과 82
지게 바작 62	강남 제비 84
토란잎 아래서 64	작은 바위가 만든 낚시터 섬등 86
부모 66	금줄 88
주전자 67	책 89
엄마 손은 약손 68	밤꽃 90
처형 69	오디 92
하회탈 바가지 70	베란다 개구쟁이들 93
비나이다 71	씨앗 94
배추 72	김포 목련꽃 95
이태리 타올 73	안티푸라민 96
돌담 74	백여시 환생 97

 ## 달밤의 사랑타령(사랑시)

한강······99

교복 입은 첫사랑 나팔꽃··100

상투 틀고 아메리카노······102

몽글한 차 한 잔······104

쉼표······105

반딧불이 사랑가······106

치약 껍질에 담긴 내 글·····108

강아지풀······109

봄 그리고 당신······110

해 달 별 당신······112

자가진단······114

가슴앓이······116

길가 막대기처럼 쳐다봤다118

빨간 사춘기······120

능소화 연정······122

쥐똥꽃 향기······124

하늘색 꿈······125

아빠라서······126

미련······127

키 작은 코스모스······128

처마에 걸친 달······129

말 못 한 사랑······130

비 오면 걱정······131

그대 안의 단풍······132

당신이 그리운 밤······134

압력솥······136

아파요······138

가을 넌 살금살금 다가왔다·140

마음 쑤시도록 비가 내리네·141

치유······142

라일락꽃······144

아이스 아메리카노······145

 **꼬마 반딧불이[동시]**

빗방울 변주곡	147		대롱대롱	153
신호등	148		살금살금	154
발가락 열 개	149		하얀 구름	156
느림보 달팽이	150		비눗방울	157
둥개타령	151		백점	158
호박꽃 음악공책	152		뻥튀기	159

망치쟁이 아리랑 (노동시)

뚝딱뚝딱 망치 소리 고개 하나 넘더니

아리아리 아리랑

아리랑 고개를 끝도 없이 넘는다

망치쟁이 아리랑

아리랑 아리랑 아라리요

이 고개 넘어가면 다음 고개 없겠지
저 하늘 달은 어젯밤의 달
아직도 날 못 새는 달빛이 어둡다

눈뜨면 어두워도 일어나야 하루
뚝딱뚝딱 망치 두드려야 하루다

땀 젖은 하루 길길래
뚝딱뚝딱 망치 소리로 아리랑을 부른다
아리랑 뚝딱 쓰리랑 뚝딱
고갯길에서 노래를 부른다

해 지고 집에 오면 달 떴어도
우리 집 꼬마는 나만 보면 웃는다
한낮의 고단함은 그림자처럼 사라지고
손잡고 사탕 사러 가보자
아리아리 알사탕이 쓰리랑 길 넘는다

뚝딱뚝딱 땀에 젖은 망치
한 맺힌 땀방울 햇볕에 말라도
그 자리에 빌딩 숲은 무럭무럭 크더라

뚝딱뚝딱 망치 소리 고개 하나 넘더니
아리아리 아리랑
아리랑 고개를 끝도 없이 넘는다

　#망치쟁이 아리랑 (노동시)

흙수저로 살던 너

난 물인 줄 알았다
지천을 흐르는 물처럼
귀하지 않은 줄 알았다

난 바람인 줄 알았다
숨차지 않게 아무 때나 부는 바람처럼
흔한 사람인 줄 알았다

공사장에서 못 박고 망치질하며
살아온 하루하루를
물 흐르듯 평범하다 여겼고
바람 부는 일상이라 믿었다

고귀함을 모른 채
내가 그토록 소중한 일꾼이었고
기둥을 세워야 집이 되고
못 박아야 집이 지어지는 줄

그땐 몰랐다

그토록 허드레로 살아버린
내 발자취가 거대한 줄도 몰랐다
내 하루의 손길에 그대들은 잠들고
내 정성에 그대들은
한없이 웃었다

땀과 먼지가 밀가루 반죽처럼
엉겨 붙은 몸으로
지은 그 집 안에서
그대들은
행복이 꿀떨어지도록
웃음꽃을 피웠다

지천을 흐르는 물 위에 물고기 떠다니면
내가 살아있음을 느끼고
맑은 하늘 아래서 숨 쉬면
상쾌하지 않던가

흔해서 모르고 산 내 고귀한 삶과
아깝게 보냈던 지난날들
그날들이 세상의 밑거름이었구나

정성으로 빚은 내가 만든 작품들
도심 속 우뚝 솟아있고
내 안의 자부심은
그대들의 행복을 보며
가슴속에서 뜨겁게 꿈틀댄다

  #망치쟁이 아리랑 (노동시)

안전모

어느 날은 파란 모자를 씌웠지
잘 보여야 한다며

오늘은 빨간 모자를 씌운다
옆에는 커다란 글씨로
"신호수"
내 이름은 신호수다

무전기 옆에 차고
덜렁거리는 못주머니 매달고 달려간다
"스톱 스톱 기사님!"
정신없이 뛰는 이마엔
땀방울이 가득이다

안전모 벗지 않고
턱에 흐른 땀
장갑으로 쓱 닦았더니
얼굴이 얼룩진다

빌딩을 올리고
아파트를 세웠지
젊음의 패기 앞에서는
아득한 높이도 두렵지 않았다

우리 가족의 웃음을
타워크레인이 높이 들어올렸다

안전모 아래
구릿빛으로 잘 익은 얼굴
웃을 때마다
백옥 같은 이가 하얗게 반짝였고
그 웃음 하나로
나는 또 하루를 견뎠다

그날 떨어지며 아득해지던
가족의 얼굴
쿵 내던져지던 안전모를
잊을 수 없다
살아남았다
운이 좋았다

사람들은 묻는다
왜 거기만 하얗냐고

구릿빛 까만 얼굴엔
햇볕이 그려놓은 턱끈 자국이
너무도 선명하다

   #망치쟁이 아리랑 (노동시)

세상 속의 늪

우리를
나는 늪이라 부른다

질퍽한 웅덩이가 아닌
세상을 숨 쉬게 하는
허파 같은 사람들

배움이 짧아
불편하게 살다가
가난을 등에 업고
이곳으로 흘러왔다

건설 현장은
이 세상의 늪이었다

진창에 빠진 허우적거림이 아니라
까만 뻘 속에서
살아가는 공간을 정화하는
필터 같은 사람들

누구보다 일찍 눈떠서
도로 위의 분주함을 덜어주고
더러움도 꺼리지 않는
꽃 같은 마음들

무거운 짐을 지고도
내 삶이라며 하얗게 웃는
이 세상의 천사들

산소통 같은 그 사람들이
새벽부터 밤까지
웃으며 사는 모습을
높은 담장 밖에서는
보지 못한다

수초 아래 사는
물방개 맹꽁이
물고기와 작은 곤충들은
검은 뻘 하나에 가려져 잊힌다

사장이었던 사람도 한때
링 위의 복서였던 이도
이제 같은 뻘 속에 산다

삐쭉삐쭉 수초 속에서
검은 뻘을 좋아라 사는
우리들

질퍽한 늪 속에서
만들어 낸 소중한 산소를
세상이 마시게 될 거라 믿고
늪 위로 쏟아지는 별빛을 담아둔다

 #망치쟁이 아리랑 (노동시)

고단한 올림픽대로

하루는 나를 배춧잎처럼 절여놓고
축 늘어진 몸을 차에 싣는다

질식할 듯 막혀 있는 올림픽대로
깜빡이도 안 켜고 쏜살같이
내 앞을 파고드는 얌체들을 밀어내며
틈새 없이 앞차를 밀며 달린다

가는 건지 멈춘 건지
꼼짝 않는 자동차 위로
저물어 가는 태양이
빨갛게 내 눈을 노려본다

새벽잠 자다 말고 일어난 출근도
지쳐 돌아오는 퇴근도
졸음에 취해 헤맬 때
막혀서 지친 올림픽대로도
나도 만성 피로를 안고 간다

한강이 조용히 나를 바라본다
그저 강물 보며 지침을 씻고
정신 차리라는 듯
흐르지 않고 멈춰 서 바라보다

감길듯한 눈에다
강바람이 후~ 불어
잠을 깨운다

강물 위에 비쳐지는 불빛들
물고기인 양 헤엄쳐 다니고
반사되는 가로등과 빌딩의 불빛들이
졸지 말고 어서 가라며
걱정의 손짓을 한다

#망치쟁이 아리랑 (노동시)

일용직

새벽 눈 뜨면
한강을 거슬러 오르는 연어처럼
김포에서 올림픽 대로를 달린다

보장 없는 하루를 살기에
누군가 우리를 일용직이라 불렀을까
이름이 서럽다 상용직은 무엇인가
우리는 왜 하루살이처럼
하루를 살아가야 하는가

분노가 끓으면
몸을 혹사시키며 일하고
자존심을 꺾는다
뻣뻣하던 심장에
멍에를 씌우고 스스로를 길들였다

하루 뜨거운 태양을 맞서 견뎠건만
이제 그 방패는 주름이 늘고
자존심은 맥없이
아무 데나 드러눕는다

더위와 싸운 1년처럼 길었던
하루가 일용직의 하루 값일 뿐이라니

상용직 일용직
누가 그 전선을 그었는가
우리도 하루하루 바뀌는
일터가 괴롭다
노비 문서처럼 붙여진 이름

세상 속 싸늘한 눈빛
불평등한 소외를
글자 세 마디에 담아 부르면
쓰리고 아프다

일용직
우리 가슴에 비수처럼 꽂혀
뽑을 수조차 없는 이름표를
언제쯤 지울 수 있을지
세상에 묻는다

   #망치쟁이 아리랑 (노동시)

집으로 가는 길

새벽길 챙겨 나온 영혼이
무사히 돌아오기를

몽롱한 마음은
간밤의 꿈을 떠올린다

날개가 없어 날지 못해도
저 하늘에서 일을 하고
두더지가 아닌데
저 캄캄한 굴속을 기어다니며
땅을 팠다

안전벨트 하나 채워 주며
죽지 말라 당부하면서
죽음은 너희들의 운명이라며
저 아득한 낭떠러지를 건너라 한다면

하루의 일 값으로
천 길을 오르내리라 하고
고리 하나 묶어 두고
안전하다고 말한다면

염소처럼 묶인 채 일해야 하는
서글픈 모습이
날개 없이 나는 것보다
오히려 나았다

담장 아래 민들레가 곱다
하루의 끝을 물들이는 태양빛
벌겋게 담장 모퉁이 비출 때
우리 집으로 가자

고삐를 풀고
평온한 풀밭에 가서
마음껏 풀을 뜯자

     #망치쟁이 아리랑 (노동시)

찢어진 작업복

허름하게 보이는 게 싫은데
어제도 피하지 못한
뾰족이 선 철근 하나에
지지직 찢겨버린 바지

아내는 내 살점 꿰매듯
한 땀 한 땀 꿰맸네
살벌한 상처라도 꿰맨 듯
흉터는 커다랗고

허름한 옷 아니면
아까워 못 입고
제일 폼나는 세상일 하면서
제일 꾀죄죄한 옷을 입어야 하나

양복 입고 일 못 하랴
코트 입고 일 못 하랴
그놈의 허름한 옷만 입어
노동자라고 표시가 나야 하나

비단옷은 지어두고
저승에서나 입겠는지
찢긴 작업복 하나
아까워 못 버리고
밤늦도록 바느질한 아내여
미안하네

허수아비처럼 햇볕에 빛바래고
뾰족이 구부러진 못에 살점까지
패여주며 살아도

이 아비가 이래 봬도
이 땅에다 명품집을 짓는
이 세상 가장 멋진 목수라네

　　#망치쟁이 아리랑 (노동시)

공사장에도 매미가 운다

맴맴 소리도 없이
저리도 높은 곳에
매미가 되어 일을 하네

파이프 한 가닥 손에 잡고
오르락내리락
매미는 숨 가쁘다

여름도 매미 겨울도 매미
울음소리조차 못 내고
건물 끝 파이프 하나 잡고
엉거주춤 하루를 운다

행여 떨어질세라
행여 놓칠세라
조심조심 기어다니며

속으로만 맴맴
매미 울음소리
들리지도 않게
꼭대기에 매달려 운다

손끝 얼어 온몸이 얼음이 되고
뜨거운 햇볕에 달궈져 익어도
하루 종일 맴맴 거려
일 마쳐야 내려온다

오늘도 그대는
일만 하는 일매미
울음소리도 못 내고
속으로만 울어대는 벙어리
공사장 꼭대기에서 맴맴거리는
공사장 매미다

목수의 아내

꼭두새벽 일어나
작업복에 버스비
가져갈 것들을 꼼꼼히 챙겨주고
뒹굴며 자는 아이
토닥여주던 아내여

검게 묻은 어둠이
숯검댕이처럼 우리 눈을 발라놓을 때
그 어둠 열고 나를 바래주며
수고해요 한마디 잊지 않고
나를 안아주며 손 흔들던 당신

고단한 표정 하나 없이
꽃처럼 피어난 당신에게서 힘을 얻고
그 많던 투정을 말없이 받아준
당신에게 미안함이
투덜거림도 지워버렸소

불평 한마디를 내뱉으면
곱던 마음에
굳은살 돋을까 삼키면서 살던
내 마음을 단단히 못 박아놓던 당신
목수인 나보다 망치질을
더 야무지게 하던
나의 아내여

당신이 목수의 아내였나요
당신이 나의 마음을 그토록
단단히 못 박아두니
우리 사랑이 오래도록
흔들림 없이 단단한가 봅니다

   #망치쟁이 아리랑 (노동시)

대못 박힌 가슴

눈으로 배우지 못함을
손가락이 읽으랴

배고픔도 서러워 울다가
못 배움이 끝내
내 가슴을 파고드는
한 마디 대못으로 길게 박히면
내 심장의 상처는
누가 어루만져 줄까

삶의 쓸모를 얻으려
내 몸 하나 세상 앞에 내던지니
망치 하나 쥐고 서 있다

가족의 웃음을
액자에 담아
벽에 못 박아 곱게 걸어두고

고단함을
쓰디쓴 침 한 모금과 삼키면
세월은 빨갛게 녹슨다

고택 대들보에 박힌
이유 모를 못 하나가
우리의 고단한 인생처럼
휘어진 채로 서글프게 박혀있고

심장을
꿰뚫어 박힌 못 배움의 대못에
펄떡이던 가슴도
이내 잠잠히 식어 평온할 때

한숨 한 바가지 내뱉은
내 삶의 무게가
모두를 체념한 채
망치 자루를 힘주어 움켜쥐고
일을 한다

어금니 꽉 다문 뺨에
속 깊던 뼈의 자국이 선명하다

#망치쟁이 아리랑 (노동시)

천국의 계단

지금 어디 있냐고
물으면 천국이라 합니다

세상 속 꽃 핌 그리고
당신의 웃음과 아이들의 해맑음을
집에 오면 볼 수 있어서요

지옥은 어디냐길래
여기라고 했죠
아프고 무거운 삶을
여기가 지옥일 거라고
죄가 많아 고통스럽다고
투덜거렸죠

지옥과 천국
기준도 모르면서
힘든 날은 지옥이고
기분 좋은 날은 천국이라고

계단을 오르내릴 때
바뀌던 마음들은
시소처럼 오르내렸다

땀 흘리는 그 지겨움도
내 열정이 녹아들면
반짝반짝 빛나
에메랄드가 되는
보석 같은 세상

얇은 막 하나를 오가는
지옥과 천국은
내 마음속 무대에서
날마다 연극을 하고

마음 고픈 날
당신의 마음 곱게 익은
달콤한 복숭아 한 알을 따러
천국의 계단을 오릅니다

 #망치쟁이 아리랑 (노동시)

모기장엔 모기가 산다

간지러워 긁어 놓은
너 지나간 자리가
묏동처럼 볼록 솟아난다

꽂힌 빨대 끝으로
빨간 피를 도둑맞은 형벌은
간지러움이다

조그만 너 하나를
쫓지 못한
덩치 큰 나는 무력하다

사장이 꽂은 빨대
가난이 남긴 숱한 구멍
내 몸은 울퉁불퉁 흉터로 가득하다

피 빨리는 여름
구멍 난 모기장 같은 노동부는
허울뿐이었다

떼인 임금으로 부풀어 오른
너의 배를 툭
터뜨리고 싶었으나
피처럼 붉은 분노를 꿀꺽 삼킨다

그토록 물리고 뜯겨도
모기향 하나 아까워
온몸으로 견뎠는데

서러움에 핑 도는 눈물조차 꽉 막아
어금니 깨물며 돌아온 나를
등 두드려 주는 아내는
모기 물린 곳 여기저기를
오래도록
살살 긁어 주었다

  #망치쟁이 아리랑 (노동시)

망치질 소리

손바닥 물집이 터지도록 두드리면
내 삶을 두드리듯
뚝딱거림이 진절머리 났어도
좋아하며 살았다

귀 아프게 울리는 굉음들을
그냥 음악이라며
온몸은 리듬을 탄다

세월은 그렇게 거침없이 흘러가고
죽을 듯 힘들다가
어느 날엔 하얗도록 웃음 짓고
내 삶은 그렇더라

뚜벅뚜벅 오르던 길 어느새
작은 산자락을 오른 듯이
내려다볼 곳도 있더라

사부작거리며 올랐을 길
뒤돌아보니 대단치도 않은걸
그토록 소리 나게 살았었다

뚝딱이는 소리
얼마를 들었던가
그 소리 이제 얼마나 더 들어야 할까

나 떠나는 날
누운 내 머리 위에서
땅땅땅 소리 들으면 마지막일 텐데
한없이 번민을 하였구나

그토록 두들겨도
너는 잘도 버텼구나
네 심장의 울림처럼 뚝딱이는
망치 소리가
아직도 찰지게 귓가를 때린다

   #망치쟁이 아리랑 (노동시)

목수의 하루

어느 날은
죽음의 문턱까지 다녀온다
위험했고 체력은 고갈됐다

목수는 그랬다
그만큼 일해야 했고
온몸을 던지듯 일을 한다

손끝으로
매서운 눈빛으로
또 온몸으로
마음까지 비워 정성들인다

그렇게 목수는 간절함을 담아
집을 지었다

얼굴엔 웃음 위로 땀방울이
주렁거렸고
힘들 때마다 내뱉는 신음 소리가
끙끙댔다

목 빠지게 기다리던 석양이
저 멀리서 손짓할 때
빨갛게 익은 내 얼굴은 땀에 젖어
반짝였다

바쁘던 손놀림도
지쳐서인지
느릿느릿해지는 시간

오늘을 끝내자고
소리 지르는

시마이~
아직도 사용되는 일본 말 한마디가
그리도 반갑더라

 #망치쟁이 아리랑 (노동시)

여보 미안해

하루 종일
뾰루지 돋은 듯
맘속이 불편하고
욱신거리네요

새벽부터
그게 뭐라고
소리 지르고 나온 건지 모르겠소

잠결에도 조용하게
화내지 말라며
나를 다독여준 당신한테

내가 뭐길래
화를 냈을까요
당신 다독임은
바늘보다 아프게
내 마음을 찌르네요

별것도 아닌 내가
뭐 잘났다고
뭐 그리 대단하다고
그랬는지
맘이 한없이 짠하구려

여보
내가 미안해요

상전

돈이 상전
배움이 상전
벼슬이 상전이라 하네

돈도 없고 빽도 없고
출세도 못한 나는
이 세상에 가장 작은 별

배워놓고도
베풀 아량 하나 없는
그 높은 자리에
왜들 그리 올라서나

땀 흘림이 흉 아니고
내 땀 한 방울이
내 행복 한 바가지다

돈 없어도 사랑하고
빽 없어도 든든하고
일만 해도 행복한데

사랑하는
내 가족과
알콩달콩 살아가면
이 세상 내가 제일 부자

이 세상 행복꾼이
제일 상전 아니더냐

한여름 죽음 같던 하루

햇볕 네가 활짝 웃으며
달달 볶아댈 때면
바람도 힘없이 멈춰버리고
세상은 찜통이 되던 날

땅땅 울리던 망치의 울림소리도
점점 지쳐 갔다
땀에 젖은 우리를 말리고 섰던 쨍한
햇볕 속 온도가
어느새 체온을 넘었다

더웠다
죽지 않으려고 물을 찾고
물을 먹지 못하면 죽을 것 같아서
물만 들이켠다
배가 터질 듯해도
물 부어서
몸속 불을 꺼야만 했다

어지러운 하늘 속에도
망치질을 해야만 하고
하루는 그러했다
그것이 우리의 하루였다

철벅거리는 발소리에도
아랑곳없이
옷 하나 벗지 못한 채
땀을 흘린다

더위에 숨이 막힐 때
저 멀리 아이스크림 들고 와주는
반장님은 천사다

그곳의 더위는 달랐다
더웠다
주전자 끓듯이
김이 날 것만 같았다

돈 버는 하루가 노랗게
심장을 쥐어짜버리고
더위 속에 빠져서 허우적거리다가
데쳐진 듯 흐물거렸다

건설 현장 하늘을
빙빙 돌아가는 타워크레인은
더위에 익어가는 우리를
긴 팔로 뒤적이며 느릿느릿
돌아가고 있었다

 #망치쟁이 아리랑 (노동시)

휴가 주는 새벽 비

캄캄한 새벽
처마 아래 빗소리
손 내밀어 너를 만지고서야
속 편히 체념하고
이불 속에 몸을 밀어 넣었다

부러진 침대 스프링 소리인지
고장 난 뼈마디가 내는 소리인지
몸뚱이 무겁게 움직일 때마다
투둑거린다

언제부턴가 쑤시는 나이가 되니
빗소리만 들어도 어깨가 울고
정강이도 따라 울더라

비 오지 않았다면
내 아픈 곳 어디
돌아볼 겨를이나 있었을까

잠 못 든 밤
관절이 툭툭거리는 소리는
내가 잡고 올라가던
밧줄의 올이 터지듯
불안하게 들린다

일용직 현장
허락된 무급 휴일
돈도 안 주는 놈들이
말은 참 많다

일 나왔느니 안 나왔느니
오늘은 그런 소리 듣지 않는 날이니
맘 편하게
잠이나 자야겠다

돌봐주지 못한 내 몸에게
하고픈 대로 하게 두련다
종일 잠만 자던지
술 한 잔 마시며 지친 마음 달래던지

오늘은 휴일 아닌가
하늘이 내 몸에게 준 휴가이니
몸 편이 쉬시게나

    #망치쟁이 아리랑 (노동시)

변환장치

너를 쥐어 짜내느라
어금니 꽉 다물면
방울져 올라 배시시
이마 위에 웃는다

내 정성은 뚝뚝 눈물 흘리며
힘들다 하소연해도
모른 척 나를 단련했다

한 바가지 흘려두면
눈앞에 보이는 내 몸의 자국들
몸이 만들어낸
장엄한 세상의 흔적

뚝뚝 떨어지는 방울
나를 괴롭혔던 흔적들은
젖어드는 내 몸이 느끼는
고달픔을 희열로 바꿔주는
내 몸속 변환장치다

으르렁

새벽에 눈뜬 하루는
어둠부터 빛을 연모하며
아침을 밝히리라

게으름에 쩔은 하루를 겨우 눈뜨면
잠시 지나다 창문턱에 걸터앉은 아침과
인사 나누고

출출한 뱃속은
어슬렁 부엌을 서성이며
냉장고 문짝을 열었다 닫는다

나의 하루는 텅 빈 냉장고
나의 하루는 텅 빈 밥솥
온통 비어 있는 텅 빈 나는
오늘만 살아가는 빈털터리

도심의 방랑자
들개처럼
도심의 뒷골목을 어슬렁거린다

내팽개쳐진 하루를 살며
경주 트랙을 하염없이 달리는
도심 속 세퍼트들

으르렁 으르렁 이빨을 드러내며
물어버릴 듯 사나운 세상
하지만 나는
그들과 오늘도 달린다

  #망치쟁이 아리랑 (노동시)

망치의 서툰 사랑

토라져 뾰족해진 너를
달래고 싶은데
어떻게 달랠까

찔릴까 두렵고
아플까 망설이면서도
나는 너와 서툰 사랑을 한다

때리면 네가 아파할 텐데
박히지 않으려는 너를
억지로 치면
더 멀어질까 두렵다

토라진 네가 구부러지면
장도리가 너를 달래고
구부러진 속상한 마음을
조심스레 뽑아냈다

뾰족한 성격
너의 그 날카로움이
세상을 단단히 붙잡아 주고

내가 사정없이 망치질해도
아프단 말 한마디 없이
묵묵히 견뎌주고
박혀주는 사랑

때려 박을수록
더 단단해지는
우리 둘의 사랑은
참 쉽지 않은 사랑인데

둘이는
그토록 유별난 사랑을 하였더라
티격태격 다툼도 사랑이더라

 #망치쟁이 아리랑 (노동시)

무쇠가 닳았다

쇳덩이처럼 단단하게
때론 돌멩이처럼 굳게
살았다

그러면 되는 줄 알았다
단단한 덩어리인 나를
아무도 이길 수 없을 줄 알았다

무쇠라서 닳지 않을 줄 알았다
평생을 버틸 거라 믿었다

그런데
무너져 보잘것없어졌다
무쇠도 닳는다

닳아 삭은 내 몸뚱이는
일어서는 법조차 잊었고
단단하면 안 아플 거라
믿고 산 내가
바보다

망치 안녕

딱딱하고 찰지게 박히는
못 하나가 망치 자루를 타고
손바닥을 지나
머릿속까지 비집고 올라온다

말 잘 듣고 박히는 애
반항하며 요리조리 피하는 애
자꾸만 구부러지며 엄살 피우는 애
삶 속의 모습도
못 하나하나가 몸으로 나를 대신했다

거칠게 반항하던 날들
옹이진 자리에선 주저앉아 절망하던 순간들
그래도 내 삶이라 달래가며
서로 어우러 세상에
한 채의 큰 집을 지었다

망치쟁이는 날마다
이 애들을 쓸모의 자리에 못을 박아
여기저기 버티라며 박아두고
서로 의지하며 견디라며 박아두고
먹고 살려고 수없이 박았다

이제는 내 쓸모를 다한 망치쟁이
욕심 없이 못 하나를 더 박으려는데
부풀어 무거워지는 내 나이를
꽁꽁 못 박아
세상 속 쓸모의 자리에 두고 싶다

   #망치쟁이 아리랑 (노동시)

천수답

쟁기 잡고 소고삐 치며
"이랴—"

산자락 천수답 다랑치 논
비 맞으며 쟁기질하던
아버지는 하늘만 쳐다보며
손바닥만 한 논배미를
쟁기 갈아엎으셨다

산자락 아래
구불대던 논둑길
논 한 마지기
내 삶에도
천수답이 있었네

비 오면 하늘 보며
원망을 늘어놓는
건설 현장 천수답

맑은 날엔 일 없어서
풀죽어 놀아야 했고
일하러 새벽 출근하면
비가 내려 애간장 다 녹인다

허탕 치고 집에 돌아올 땐
한숨으로 발등을 내리찍고
얇아질 월급봉투를 걱정하며
아내는 밤새 계산만 한다

양동이 들고
얼마나 물을 퍼 날라
모내기하고 싶으셨을까

그 맘을 떠올리니
목구멍에 한 모금
나도 몰래 울컥 밀려온다

신세 한탄처럼 깊은 한숨을 뱉고
내 맘대로 할 수 없는
하늘을 원망한다

비 내려 일감이 말라버린
건설 현장 천수답 일꾼들
풀죽어 힘없이 비 맞으며
집으로 돌아간다

 #망치쟁이 아리랑 (노동시)

저 하늘 상여소리

김씨!
파란만장 날리며
하늘로 가는가
뭘 잘못했기에 소리 없이
숨어 가는가

타워크레인 자재함에
청딱지 포장 깔고
그대 덮은 한 자락 펄럭이며
하늘로 가는가

이제 가면 언제 오나
어널 어널 어너리 넘자 어 어 널
상여 곡소리는 저 하늘을 울리고

김씨의 죽음은 소리 없이
쉬쉬하며 청딱지 한 장에 덮였다
죽음 뒤에도 망치 소리는
죽음을 모른 채 뚝딱거렸고

그대 떠나가는 길 잘 가라고
뚝딱거리는 애도의 소리는
멈추질 않네
어널 어널 어너리 넘자 어 어 널
상여소리 저 높은 타워 바가지에 매달려
울리며 간다
어널 어널 어너리 넘자 어 어 널

김씨가 떠나가는 상여소리를
듣지 못한 우리는
김씨가 탄 꽃상여를 보면서도
마지막을 몰라 쳐다만 봤다.

엄마의 나라(고향시)

저 하늘 어딘가에

엄마 얼굴 구름이 뜨면

우리 아기

그 구름에 두 팔을 벌려

안기네

종부

큰집이라 집이 커서인 줄
알았다
어머닌 제삿날이면
해 질 녘 일을 마쳐도
밤새 바쁘셨다

상차림 음식 준비하랴
술상 차림하랴
어둑한 부엌일로 분주하셨다

지성이셨고
종부의 맡은 소임이셨기에
당연해서 하셨고
불만 한 톨도 없이 견뎌내셨다

어머님 떠나시니
종부는 어디로 가고
울 어머님의 종살이 흔적만 남아있네

그 종부 자리
벼슬인 줄 알고 당당하던
그분이 떠난 자리엔
종살이의 흔적만 뽀얗게 먼지 앉았다

그 많은 일들을 해낸 것이
탓할 일이라면
울 엄마가 살던 세상이
문중의 종살이였다 생각하면
기막히고 코 막힌다

남 말하지 않던 우리 엄마

눈물 찔끔 봐버리고
부르르 떨던 내 가슴아

그 가슴엔
찬 서리 앉아 버렸다

요양병원에 어머니를 모셔두고

쑥 한 주먹 캐 온다며
어기적 나가시던 걸음이
어머님의 또 다른 걸음이셨네

후레아들놈이 되고 오던 날
이런저런 핑계로 사는
모순스런 나를 보며
너도 늙으면 어쩌나 보자며
스스로를 질타한다

너도 니 발로 저곳에 가게 될 테니
두고 봐라
천벌 받을 놈아를
수없이 나 홀로 되뇌이며
엄마를 요양병원에 버려두고 왔다

미칠 것처럼 벌렁대는 가슴을
눈물 몇 방울 손등에 발라서
슬픔을 표시 내고

너도 나중에 꼭 그렇게 당해 보라며
내 심장에다 그 말들을
사정없이 말뚝 박았다

찢어버리는 가슴을 숨기기엔
터지는 눈물이 너무 많아
손가락으로
눈물을 뚝 따내면서 걷는
내 어깨가 출렁댄다

엄마 구름

엄마를 만지면 흩어질까 봐
손끝조차 내밀지 못하는데

당신은 바람 한 점 없는 더위에
밀가루 반죽처럼
말캉하게 부풀어 오르니

몽글몽글 피어오른 구름송이는
뜨거운 햇볕에 질식할 듯
얼굴빛 하얗게 질린다

풀린 옷깃 여미지 못한
엄마의 가슴팍
하얀 젖내음 은은히
아기 젖을 먹이고

고사리손으로
구름 한 줌 움켜쥐면
엄마 젖 왈칵 입안에 흘러넘치니
배부르면 아기가 구름 위에 누워
고요히 잠들더라

저 하늘 어딘가에
엄마 얼굴 구름이 뜨면
우리 아기
그 구름에 두 팔을 벌려
안기네

엄마를 부르는 아기의 울음
두리번 구름을 찾네
두리번 엄마 얼굴을 찾네

어머니의 감수광

고추 따던 엄마가
노래를 알려 달라고 하신다

"감수광 감수광"
늘어난 녹음테이프 같은 목소리로
텔레비전 속 노랫말을
거의 다 틀리게 부르신다

우습지도 않은 노래 감수광
고개까지 흔들흔들
가사는 떠오르는 대로 부르시며
손으로 고추를 따시네

컴컴한 백열등 아래
라면상자 뜯어 크게 써 붙인 감수광
"바람 부는 제주에는 돌도 많지만…"

수백 번 불러 드리며
간곡하게 "이렇게 불러 보소"
말씀드렸어도
우리 엄마 감수광은
고추밭에만 가면
엄마 맘대로 흘러가는 감수광이다

지금은
그 우습던 엄마 노래 감수광이
이토록 사무치게 듣고 싶은데
들을 수 없다

고개도 갸웃갸웃 흔드시며
부르셨던 노래
재밌어라 깔깔대며 웃었던 노래
울 엄마의 감수광

이번 추석날
어머님 산소 앞에서
엄마가 불렀던 것처럼
구성지게 불러 드려야지.

   #엄마의 나라 (고향시)

분내음

고운 처녀 지나간 곳에
흘려진 꽃향기는
참 향기롭고

젖 물고 맡았던 새색시
울 엄마 향기
그토록 은은하던 꽃 내음

어느새 땀에 절어
거칠어진 향기 되고
땀 씻던 비누 향기마저
울 엄마 향기 되었어도

곱게 핀 젊은 날엔
꽃향기를
발아래 흘리며
걸으셨단다

경대 서랍 깊숙이 숨겨두신
조그만 분통 속
그 좁은 곳에
꽃들이 사는 줄 알았는데

어머니 젊어서 바르시던
하얀 분가루에
처녀꽃 예쁘게 피어나고
그 꽃 바라보던 아버지가
한눈에 반하셨네

어머니
하얗게 분 바르시고
고샅길 살랑살랑 걸으시면
그 길은
꽃밭이 되었고
멀리서도
벌 나비는
어머니를
먼저 알아봤다네

   #엄마의 나라 (고향시)

장보따리

얼어붙은 동태 뭉치를
바닥에 내던져 한 마리를 떼내는
동태장수 손에 들린
동태 한 마리를 장보따리에
엄마가 싸셨다

옷전에서 몸빼바지 하나 사고
막둥이 옷 한 벌도
큰맘 먹고 산 후에
채소전에서 무 한 개를 사서
보따리에 주섬주섬 싸 묶으셨다

신작로 버스정류장에 내리시는
엄마의 손은 무겁고
받아 쥔 장보따리를 뒤적이다
부스럭거리는 봉지 하나를 찾은 나는
만세를 부르며
고무신 벗겨지도록 내달렸다

장날마다 싸여지는 장보따리는
엄마의 허리춤 속 꼬깃한 지폐를
축내버리는
일곱 남매가 살아갈 생명이었다

비린내 나는 장보따리 속에 담긴
엄마의 사랑 한 봉지는
나의 함성이요
내 거드름진 자랑이었다

빨랫줄에 걸린 깨끗한 보자기 한 장을
다음 장날에도
달콤한 엄마 사랑 꼭 담아오라고
곱게 개어 놓은
어린 손이 참 곱다

　　#엄마의 나라(고향시)

지게 바작

두 발만 달고 선 지게
입 벌리고 누운 바작
우리 아버지 등골 빼먹던 두 놈

그 덕에 우린
학교를 다녔다

지게, 바작
어느 날
마당 한켠에 서 있던
너의 두 팔에 얹힌 풀짐을 내려두고
어깨에 져보았지

내 키만큼 두 발을
길게 뻗고 섰던 지게
소쿠리에 담은 퇴비를
바작에 얹고

지게 짊어진 아버지는
펄펄 날아
텃밭에 거름을 뿌리셨네

우리 아버지 등골 뽑던
그 두 놈은
이제는 추억이 되어
흔적도 아련한데

부러진 지게발처럼
내 마음 한쪽마저
허전해진 지금은

지게를 지고 산길을 걸으며
작대기 장단에
노래라도 큰 소리로
불러보고 싶다

#엄마의 나라(고향시)

토란잎 아래서

그녀는 여름 우산처럼
넓은 잎을 펼친 토란잎
나는 빗방울

토실하게 우산을 펼쳤네
빗물 한 방울도 받아주지 않는
도도함으로 나를 튕겨내고
밭고랑에서
햇볕을 가리고 서 있었다

그 뜨거운 햇볕을 다 받아주길래
아무리 더워도 그냥 서 있길래
내게도 그럴 줄 알았다

내 사랑 한 방울 떨어뜨리면
그녀 가슴에서
유리구슬처럼 뱅뱅 돌 뿐
한 방울도 허락해 주지 않고
거울처럼 모두를 되돌려주는
매정함에 내 가슴이 아프다

사랑의 말도 꺼내지 못한 채
그늘에 앉았더니
큰 손바닥 하늘 가린
그늘 한 자락을 허락해 준다

땅에 묻힌 속 깊은 마음과
하늘에 걸린 푸른 심장의 잎새
볼수록 매력 있다

시원스런 그 마음 한없이 애틋해도
내게만 모른 척 튕기는
토란잎의 마음을 도무지 모르겠다

그녀 마음처럼 넓은 잎은 너무도 푸른데
다가서지 못할 물방울처럼
나는 그녀에게
단 한 방울의 사랑도 건네지 못한다.

부모

봄이 예쁜 날
쪼금 내민 네가 더 이쁘다

겨우내 매달렸던
산수유 빨간 열매는
아직도 너를 걱정하며
쭈그렁한 채 매달려 있구나

너도
가을 열매 맺히면 알게 될 거야

부모는
다 그렇게 산단다

아무리 내가 늙었어도
너희가 눈에 밟힌단다

주전자

동그란 얼굴로
뜨겁다고 칙칙
김을 뿜는다

뚱뚱보 땅딸보
배불뚝이 주전자
엄마 몰래 많이 먹고
뜨거운 불 위에서
칙칙칙

남자아이처럼 오줌을 눈다
배 뚝 내밀고
졸졸졸 웃으며 오줌을 싼다

주막집의 울퉁불퉁
노란 주전자
하얗게 말라붙은 막걸리 향기
까만 손잡이에 묻어있는
아버지 모습

동그란 주전자
뜨겁다고 보글보글
마술로 안개 속에
숨는다

#엄마의 나라(고향시)

엄마 손은 약손

엄마 손은 약손 쎄쎄
엄마는 아픈 나를 따스하게
만져주신다

내 새끼 아프지 않게 해 줍소서

혼잣말로 중얼거리시는
엄마의 간절함이
따스한 손끝으로 전해지면
어린 나는 사르르 잠이 들고

엄마 손은 약손 쎄쎄

마음 많이 상한 날 꿈에
그토록 따스한 손끝으로
햇살처럼 스쳐주세요

엄마의 약손으로
눈물 젖어드는 마음 살살
만져 주세요
한 번만
쎄쎄 해 주시고
그리운 마음에
엄마 손길
스쳐 가세요

처형

언제나 웃으시네요
화 한번 내지 않고
웃으시네요

감자 양파 고추 호박
온갖 밭에 자라는 채소를
바리바리 챙겨 담아 오셨네요
동생네 굶어 죽는 줄
아셨나요

한없이 드넓던 맘을
고맙다고 말 한마디를
못할 때쯤에

머리를 왜 하얗게 하십니까
오래 알아 온 흔적이라고
말하시려고요

아직도 그 밭의 채소가 한없이
먹고픈데
머리는 왜 하얀가요

고맙단 말 담아만 놓고
아직도 말 못 했는데
오늘은 그냥 할래요

처형
고맙습니다

#엄마의 나라(고향시)

하회탈 바가지

내 얼굴
입 떡 벌린 채로
환한 웃음에는
주름골 자글자글하네

세월은 딱딱하게
껍데기 다지고 주름살
고랑 패였어도
웃음의 촉감은 색시 살결보다
보드랍다

축 처진 눈꼬리는
웃음 밑천이 되고
허허 웃는 소탈함은
아기의 얼굴처럼 해맑다

웃음으로 세상을 덮어두고
쟁기질한 주름살로
고뇌를 뒤집어쓴 채

하회탈 바가지가
울음을 한삼 자락에
가리고 한 많은 세상을
어깨를 휘저으며
덩실덩실 탈춤을 춘다

흔들흔들 탈바가지는
웃음 뒤에 울음을 감춰두고
세상에다 미소를 던진다
주름진 웃음소리로
껄껄 웃는다

비나이다

내 맘속 간절한 기도를 담아
한 단 한 단 쌓아 올린 작은 돌탑에
그대와의 간절한 소망을
조심스레 얹습니다

널찍한 마음 아래 두고
중심 잡아 간절히 쌓습니다
새끼줄 걸린 서낭당 돌탑에는
간절함의 바람 소리 아우성이고

간절하게 사랑하옵나이다
이토록 사랑하길 바라나이다
비나이다 비나이다
서낭신께 비나이다
당신을 사랑함이
하늘 닿길 비나이다

내 마음을 받는다면
그대도 나를 사랑케 하옵소서
그토록 사랑해도
이 마음 보낼 곳조차 없기에
서낭신께 내 사랑을 빕니다

#엄마의 나라 (고향시)

배추

보듬는 포기가
아름답다

여름 끝자락 씨 뿌리니
쩍 벌려 덥다 하다
쌀쌀할라 치니
모닥모닥 얼싸안네

이 잎 저 잎 챙겨 가며
끌어안아 포기 짓고

어미가 새끼 안듯
암탉이 병아리 품듯
꼬옥 안아 품에 숨겨

퍼런 잎새 둘러쳐서
속살은 뵈도 않네

서릿발 오기 전에
단단히 얼싸안아
아무도 열지 못할 사랑의
열쇠를 채운다

가을의 사랑
배추가 알려주는
당신 보듬는 법

오늘 당신 보듬어 줄게

이태리 타올

손바닥 장갑처럼
네모를 끼운 엄마 손이
문지르는 등짝은
모래를 문지르듯 따가운데

박박 문지르는 엄마는
고무 다라 안에다
두부 한 모 쑬 만큼의
콩비지를 만드셨다

온몸의 묵은 때를
인정사정없이 벗겨내던
이태리 타올

이태리에서 만들지도 않은
이름만 이태리인 타올로
까만 손등을 더운물에
담가 문지르면

돌돌돌 말려 떨어지던
내 몸의 흔적들

엄마가 문지르면
나는 엄살 부리며 소리쳤고
아궁이에는 장작불이
활활 타올랐다

커다란 고무대야
하얀 김 속에서 꺼내면
나는 껍데기 벗긴 양파처럼
하얗게 변해 있었다

돌담

바람도 쉬어가고
햇볕도 걸터앉아 쉬어가던
세월을 쌓아둔 돌담에
피어오른 이끼
세월을 담고 섰네

큰 돌 틈 사이 작은 돌 채우고
작은 돌 하나 소중한 공간 지키며
서로 의지하는
구멍 숭숭 뚫린 돌담은
세월의 깊이를 담고 섰다

서로를 기대어 놓고
삐뚤어도 반듯해도
법칙 없이
큰 돌 작은 돌 가림 없이

휑하게 열린 가슴
단단한 돌덩이로 가려두면
아픔의 풍파를
견뎌 내겠지

하늘타리 넝쿨 돌담 붙들어
꼭대기 오르락내리락
꼬실꼬실 하얀 꽃 피워 놓았구나

가을엔 노랗게
익어 보일
하늘타리 열매
담장 위에 조롱조롱 매달렸네

내가 구름이라면

내가 구름이라면
당신 하늘에 머물고 싶어
나는 바람이 되어
당신 맘속을 거닐고 싶네

그냥 이리저리 흘러가는
구름 아닌데
그냥 정처 없이 불어대는
바람 아닌데

당신이 그리운 날엔
당신의 구름이고 싶어
내 마음 몽실몽실 피워올려
당신을 찾아가고파
바람을 부르네

파란 하늘에 떠 있는
저 구름을 보소서
그 속 마음은 한없이
부풀어 오르고
불어오는 바람은 숲속에서
그대를 찾아
숲을 이리저리 떠돌 뿐이네

바람아 불어라
구름아 가거라
저 파란 하늘의 뭉게구름
그 마음 좀 바라봐

사랑이 저만큼 피어오르고
그리움이 한없이 불어와도
나는 정처 없는
저 하늘 구름처럼 살고 싶다

#엄마의 나라 (고향시)

우중화(雨中花)

비를 맞고 핀 채로
그대로 웃고

비 젖어도 초라하지 않은 모습으로
나를 한참 바라보길래
눈먼 사랑을 해버린
비 오는 날 당신이

비 맞아 그토록 곱게 필까
비 오면 떠날 줄 알았는데
빗속에 선 꽃 하나
우중화가 피어 있네요

저 비가 나를 잠재워 놓고
당신은 가버릴 줄 알면서
기다리는 그 한 송이
빗물 속에 활짝 머물고

빗물이 우리 사랑 갈라놓을 듯
퍼부어 대는데

빗물이
우는 줄 알고
내 맘도 따라 우는데
비 맞은 당신은 내 마음속에
꽃 한 송이 피워 놓았네

그 웃음을 울음이라며
빗물 속에 얼굴 젖어 피는 꽃
우중화(雨中花) 랍니다

꼬마별 반딧불이

밤 속 어둠에서
깜빡거림을 잡으려
어둠을 헤매이던 꼬맹이

너풀너풀 곡선을 그리며
반짝여 달아나는 그 빛을
잡으려 손을 뻗는다

소중히 너 하나를 손에 쥐고
예쁜 불빛을 매만지다
꿈틀대는 별에 놀라
가슴을 쓸고

해가 뜨자
별이 아닌
햇볕의 진실 앞에서
별빛을 잃어버린 채
다시 또 어둠을 기다린다

고요가 깃든 풀숲
깜깜함 속에서만 빛을 내던
아름다운 별빛
반딧불이

밤이면 별빛을 담아
너울너울 춤추며
멀어지는 너를 따라나선
아이의 발길이 총총거린다

어둠 속 별을 쫓던 아이는
밤을 바라보며
도심의 불빛에 오지 못할
꼬마별을 기다리며 마음속 불을 끈다

연인 되어 찾아온 딸에게

너희 둘이
꽃 피어 우리 앞에 앉으니
우리 맘은 환히 웃는다

들고 온 꽃다발을 바라보며
오늘의 새로운 인연 하나를
내 삶에 조용히 적어 본다

잘 어울리는 한 쌍이구나
우리 모두 박수 칠게
너희 둘은 서로 사랑하거라

저 꽃들은 참 곱다
꽃이 피었을 땐 둘이 웃고
향기 짙은 날엔
둘이 손을 꼭 잡거라

처음 보는 너와
친해지고 싶어 하는 내 마음이
조금 성급해도
내 사람처럼 살갑구나

이제 꽃만 피거라
그것은 우리의 바람이다
수줍은 듯 발그레한 너희들의
꽃 핌이 싱그럽게 아름답다

화병 속 꽃이 시들거든
너희들의 웃음꽃 활짝 피워
화병에 담아 두고 가거라

부모는 그렇게 웃는단다
우리 맘속에 너희들이 피고 지고
일 년 열두 달을 산단다
내 딸아
오늘
이 세상에는
너희만큼 예쁜 꽃은 없었단다

#엄마의 나라(고향시)

고향 만리

내 어머니라면
나를 품어 주실 텐데
고향은 말없이 바라볼 뿐

돌다 돌다 지쳐 들렀을 길
고향 품에다 안아 주지 않아도
다독여 주지 않아도
잠시 당신 품에 스치기만 해도
나의 봄은 와 주었고

휘청이도록 지친 나를 달래고
타향의 매정함에 정떨어진 나를
따스히 품어 주는 고향에서
마른 풀밭에 앉아
어머니를 그려 낸다

고향은 어머니다
어머니처럼 아무런 조건이 없다
그저 나를 편히 쉬라 한다
마음 내려놓고 놀다 가라 한다

어린 시절 내가 놀던 그 놀이들을
친구 가고 없는 그곳에서
나 혼자서 하고 있다

왁자지껄 소리 지르던 내 친구들
"얼른 와라! 나랑 디지게 한판 붙자!"
땀으로 범벅된 우리들이 보일 때
저 멀리에는 어머니가 서 계셨다

고추 따서 나를 기다리시던 어머니가
저 멀리서 손짓하시며
"이것 좀 얼른 가져가그라!"

일하기 싫어서
나는 듣는 체도 안 했다
심통스런 내 모습도 거기 서 있었다

고향
너에겐 아직도
내 사람됨의 시작이 모두 담겨 있었다

너 있어서
내가 세상을 사는구나.

   #엄마의 나라(고향시)

누님의 자랑 무화과

가지 하나 남김없이
몸뚱이만 앉아
초라히 봄을 맞는다

따스함이 반가워
새순 길러 가지 키우고
손바닥보다 큰 잎새를 수없이
만들어 붙이면
그 자리마다 송송이 맺힌
동그란 열매

해풍에 너는 맛을 절궜고
영암땅에만 사는 신비로운
과일 무화과였다

익지 않으면 입 델 수조차 없이
독하게 강짜를 부렸고
말랑 익으면 몹시 너그럽다
속살이 보석 반죽처럼 영롱히
빛나 달콤하고

표현조차 어려운
너의 맛과 향기는
보약처럼 귀하다

그녀보다 더 부드러운 감촉
그녀 입맞춤보다 더 달콤한 맛
오묘하고 독특한 맛으로
모두를 유혹했다

누님은 새벽 눈 떠 너를 반기며
주먹만큼 쥐어지는 너와 말 나눈다
밤새 이리도 컸냐
오매 오지다

강남 제비

제비 날아온다던 강남엔
값이 비싸 못 온다네
빌딩이 높아 집을 못 찾는다네
유리에 가려 처마가 없다네

이젠 쳐다볼 수도 없이 비싼 동네
젊은이만 움직이는 동네
특별한 사람만 사는 동네

마당을 날아
처마 아래 흙집 지어
새끼 길러 날던 철새는
이젠 못 온다네
빨랫줄에서 노래하던 그들을
못 본다네

제비는 이마에 기름 발라
술집에서 날아다니고
흙수저 제비는
흔적조차도 볼 수 없네

박씨를 물어오던 여유는 없고
빽빽한 도심의 불빛에
정신을 잃는다

모두가 부러워만 하다가
이젠 모두가 포기하다가
이젠 싫어한다

고집불통의
생각이 다른 세상
부자만을 위한 땅
평범함은 사치인
너무도 오만한 땅

강남엔 제비가 없다
집이 비싸서
빌딩이 높아서
날 수 없고
처마가 없어 집 짓지 못해
강남을 떠났다

이젠 흥부도 놀부도 전설 속 이야기
물어올 박씨도 없다

도시엔 제비가 없다

#엄마의 나라 (고향시)

작은 바위가 만든 낚시터 섬등

항상 그 자리엔
하얀 맨머리의 할아버지 두 분이
들리지도 않을 만큼의 목소리로 이야기 나누시며
웃는 모습은
어린 내 눈에는 그림 속 동화였다

사장나무 지나고
시암골 지나 중산이를 돌고
삼거리길에서 쉬엄쉬엄 논둑길로 걸어서
섬등에 다다르면

바위 몇 조각이 저수지에 솟아오른
작은 땅 섬등
그곳은 두 할아버지의 늘그막 놀이터였다

장죽 곰방대로 피우시는 연초는
굴뚝만큼의 연기를 냈고
은빛의 잔잔함을 눈 끝으로 뚫어져라 쳐다보시던
그 눈가에 미소가 번지면
어김없이 붕어가 끌려왔다

석양은 할아버지 어깨 위
낚싯대에 걸쳐진 채 붉게 불탔고
노을빛이 물 위를 짙게 물들 때
할아버지의 걸음도 빨라지셨다

세월을 낚고
기다림의 지루함을 낚고
은빛을 낚고
파도의 흔들림을 눈싸움으로 이겨내시며
섬등과 대화하셨던 시간

외로운 작은 섬 섬등은
말없이 흘러간 세월을
아직도 바라보고만 있다

금줄

잠든 봄 깨우려
찬바람은
창문을 흔들어대고

따스한 양지
이른 봄꽃 싹 틔우려
봄 오는 길모퉁이로
아지랭이는 마중을 가네

매화나무 새댁
꽃송이 몽실몽실 배불러 오면
꽃송이 하얗게
한 송이 두 송이
꽃 피어 아기를 낳는다

동구 밖 당산에
금줄 걸고 놓고 덩실덩실
춤추며 오는 봄

산수유 노란꽃
빠끔 고개 내밀면
골목길 동네 아기
울음소리 가득하고

고추랑 숯이 걸린 금줄 매달고
볼록한 꽃송이 꽃피어 오네
아기들 울음소리
활짝 피었네

책

너 한 권을
먹어 버리려 했다

아니다
너의 모두를 머리에 담고 싶어
밤마다 작은 가루로 쪼갰다

어머니는
너를 통해 세상을 얻으라 하셨고
빳빳한 책갈피 속
빼곡한 글씨와
딱딱한 철자들을 정리 못한 채
통째로 삼켰다

소화될 시간도 없이
살이 되라 하고
법칙도 모르고 건져 올리려는
아둔함

이젠
그런 책은 필요마저 없고
손끝만이
나를 살아가게 한다

육신의 법칙을 읽지 못해
땀의 철학을 느껴야 했다

빈 곳간 같은 머릿속을 채우려
책 속의 진리를 캐보려
화려한 표지를 열지만
내면 속 문장은 캄캄했다

　　　#엄마의 나라 (고향시)

밤꽃

얼마나 향기 짙던지
꿀통 향기 나는 꽃은
터레기 길쭉하게
꽃 피우고 누웠더라

팔자 좋게
나무 끝에 누운 채
꿀벌을 부르면
그날은 길다란꽃 장가를 가네

길쭉한 꽃송이 바닥에 떨어지면
그 자리에
터레기 흔적들 수북하고

강하게 밀려오는 꽃향기만큼
너는 예뻐 보이지 않았다
터레기 밤꽃
너는 남자였나 보다

향기에는
강한 힘이 느껴진다
밤이면 더 짙어지는 수컷의 욕망처럼
향기는 꿈틀대며 강해지고

열매 맺힌 송이의 가시털 속에다
삼 형제 나란히 앉혀 놓은
남자들의 집
밤꽃은 밤송이는 밤나무는
남자였나 보다

살구가 익어갈 때
환하게 꽃 피우고 서 있던 마당 한켠
밤나무 아래엔
간밤의 길다란 밤꽃이
수북이 떨어져 있네

  #엄마의 나라(고향시)

오디

누에는 뽕잎 먹느라
사각사각 먹는 소리도
배부르다

뽕밭 오돌개
짙은 색으로 익을 때
달콤함의 유혹은
입에 넣기 바빴다
입 안에 넣기만 해도
달콤한 맛은
아이스크림보다 빨리 녹았다

어머니는 뽕나무 심어 놓고
잎새는 누에를 먹이고
오돌개는 새끼들 먹여준
뽕나무가 고마웠다

누에처럼 뽕밭을 기어다니며
오디를 사각사각 따 먹고
뛰놀다가

입술이 파랗도록 오디를 따 먹고
엄마를 부르면
엄마는 내 입술에 묻은
파란 잉크를 손바닥으로
슥 닦아 낼름 잡수셨다

베란다 개구쟁이들

비 개인 하늘
햇살 속 느긋하게
따닥따닥 앉은 개구쟁이들
방금 빗방울에 젖은 몸
말리느라 눈이 동그랗다

멱 감다 옷 젖은 아이들
엄마 눈치 살피며
냇가 돌밭 햇살에다
조심스레 말리고

까무잡잡히 이빨 내놓고
대롱대며 난간 위에서
떠드는 소리
여름 매미 소리보다 더 시끄럽다

난간에 쪼로록 매달린 물방울들
냇가로 훌쩍 훌쩍 뛰어드는 아이
방울 하나 뚝 떨어지면
햇살에 반짝이고

하나둘 옷 말려 돌아간 자리엔
아이들 웃음 닮은
물방울 자국이 난간에 남았다

환한 방울들 햇살에 말려
뽀송한 옷 입고 떠난 자리
난간엔
아이들 웃음과
반짝이는 여름 햇살이
조용히 걸려 있다

씨앗

당신을 잊으려 맘속 깊이

묻었는데

새싹 돋아난 후에야 알았답니다

난 당신을 너무 모르고 살았네요

묻어도 돋아나는 당신의 싹을 어쩌리오

김포 목련꽃

꿈꾸지도 않은 서울,
우리 땅 김포는
하얀 목련을 기다렸다

목련이 피면 서울이 된다던
꽃 핀들 서울이 되겠냐만
그래도 목련꽃을 기다렸다

목련은 하얗게, 환하게 피었어도
여기는 김포
물 흐르는 한강을 바라보며
맑은 바람 드나드는 김포였다

허황된 말들이
어쩌다 한강 바람에 얹혀
지나가다
목련 나무에 걸려 버린 것이
소문난 그 우스운 날

조용한 김포는 여전히
철새가 날고
고깃배 오락가락하는
한강물은
그대로 흘러갈 뿐인데

마음 순박한 사람들은
하얀 목련이 꽃 피기를 기다리며
4월의 노래를 부른다

#엄마의 나라 (고향시)

안티푸라민

딱지치고 팽이치고 썰매 타고
찬바람도 아랑곳 않던 고사리손은
겨울 내내 갈라져
거북이 등껍질을 닮아갔다

쩍쩍 갈라진 핏기 밴 까마귀색
까만 손등을
가마솥 뜨거운 물에 담가도
벗겨내지 못한 손때는
거북이 등껍질처럼 갈라져 있네

장날 어머니는 치마 속 주머니에
만병통치약 안티푸라민을
사 오셨다
뚜껑 열면 마주치던
시원한 냄새

바르면 맨질맨질 거리고
따끔거린 밤이 지나면
하얗게 벗겨지던
땟국물 자리

찬바람 맞아 부르트면
이마에도 입술에도
콕 찍어 발라 주시던
그 반짝거린 빛이

겨우내 뛰노는 우리를
조용히 지켜줬다

백여시 환생

내 맘을 훨훨
데려가 버린 당신이여
뭣이 그리 좋다고
내 맘은 지 맘대로
가버렸당가

나는 허새비처럼
꼼짝도 안 했는디
지 혼자 가부니
나 환장하것네
뭣이 그리 좋당가

나를 홀려 버린 당신이여
백여시가 재주를 넘어
나를 혼 빼놓니
나는 당신밖에 모르고
내 맘이 어딨는지도 모르요

내가 사랑하는 당신이여
아무리 생각해 봐도
이 모두는 사실인디
모질한 내 맘을 어짜께라

나조차도 모르는
세상을 사는
내 맘속 당신을 어짜께라

어짜다가 틈 쪼깐 나믄
그대 나 한 번만
바라봐 주시요

#엄마의 나라 (고향시)

달밤의 사랑타령(사랑시)

날 밝으면 한 마리 반딧불이 되어도

내겐 별빛 한 줄기로 남은

어둠 속 사랑이오

내 사랑 별님이라오

한강

멈춘 듯 흐르는 강
잔잔한 물살로 서울을 목축이고
아픔을 위로하는
엄마의 강

강물 위를 가로지른 철교들
그 위에서 수없이 오가는 자동차
다리 위를 걷는 사람들
강을 보는 모두는
마음 씻어 강을 건넌다

어둠 속에서도 흘러가며
가로등 불빛을 담고
불 켜진 빌딩 위로 물결이 출렁인다

도심 속 고함을
삼키며 흐르는 강

어제도 오늘도 그 자리에서
갑갑한 도심을 달래고
서울에 지친 사람들을 어루만진다

강북 사람 강남 사람 할 것 없이
한강에 오면 웃음을 웃고
흐르는 강물을
보며 마음을 씻는다

한강은 수없이 많은 사람이
찾아와도 낯가림 하나 없이
서울 속 모두의 젖줄로
가나안처럼
묵묵히 흘러간다

     #달밤의 사랑타령(사랑시)

교복 입은 첫사랑 나팔꽃

이슬 찍어 발라
아침 햇살 아래 웃는 미소로
사르르 내 마음 녹인다

남빛 칼주름 교복 입은
하얀 카라 여고생
햇볕 아래 서 있네

널 보면
설레어 얼굴 붉어지고
두근대는 심장에
난 얼굴도 못 본단다

책가방 든 채
앞만 보고 걷다가
힐끔 본 네 웃음 한 송이에
멎어버린 내 심장아

단발머리 교복 입은
단정한 나팔꽃은
너무나 눈부시다

집 가는 길 또 만나니
새침하게 고개 숙여
수줍게 숨겨버린
너의 얼굴

이슬방울로 교복 깃을
하얗게 빨아 입고
아침마다 청순하게
피어오른 나팔꽃

남빛을 곱게 물고 해를 보는
동구 밖 꽃송이
오랜 내 짝사랑이 웃는다

설익은 마음
풋풋한 사랑
여리게 맑은 꽃

동구 밖에서 나와 눈 마주치던
아직도 내 심장을 울렁대는 소녀야

곱던 나팔꽃
교복처럼 단정히 피어
옛 시절의 너와 함께
학교를 간다

친구라 부르고 돌아서면
솜털처럼 자라난 내 사랑도
나팔꽃처럼
석양에 저물고 있구나

 #달밤의 사랑타령(사랑시)

상투 틀고 아메리카노

곰방대 할아버지 담배 찐 냄새도 괜찮던데
아버지 연초는 쓴 내만 났고
내가 핀 담배 연기는
날마다 투정만 듣네

할아버지 앞에선 절을 했지
아버지 앞에선 고개만 끄덕이고
멀거니 쳐다보며 손 흔드는 아이

세상은 변하더라
절차도, 범절도 털어내고
그저 격식 없이 간편한 세상을
쫓아간다

상투는 틀 줄도 모르고
갓을 쓰려는가
그냥 모자를 쓰자
삐딱이 힙합모자 눌러쓰고
껄렁하게 걸어보자

같이 못 가면 노인네라지
간편하고 유쾌한데
어쩐지 싸구려 같아
근엄하게 폼 잡으면
그래도 묵직한데

나이야 가거라

나는 세상에 흘러들어 살련다
아메리카노가 향긋하다 말하고
피자가 맛있다 말할란다
쓴맛쯤 견뎌야지

쌀밥은 언제였더라
샌드위치가 익숙하네
세상은 바뀌더라
바뀌는 게 세상인데
상투를 왜 트는가

선비님
갓끈은 푸셔도 괜찮아요

     #달밤의 사랑타령(사랑시)

몽글한 차 한 잔

따스히 불 지펴
그대 마음 우려낸 한 모금 얻어진다면
더도 말고 덜도 말고
은은함이 느껴질 만큼만

노랗게 데워져 우러난
진실의 색깔로 살길 바라며
진함도 옅음도 아닌 그윽함을
찻잔에 담고

향기롭다 하여라
향기조차 모르는 무지함으로도
향기롭다 하여라

떫은맛이 입안에 머물러도
구수하게 느낄 만큼
내겐 여유가 필요했다
그것을 인생이라더라

찻잔에 우러난 옅은 맛과 향기
세상 속 번민을 걷어내고
그대의 은근한 품을 그리워한다

겸양의 깊이를 헤아리려는
두 손의 온기가
삶의 맛과 지혜를 배운다

나를 차향처럼, 차를 내 맘처럼
진득하게 우려진 차 한 잔
한 모금에
오래 남는 잔향처럼
인생을 음미하며 살아간다

쉼표

숨소리가 바쁜데
고단히 가지 말고
쉼표 하나 찍고 숨 돌려
천천히 가시게나

숨 막히게 바삐 살아봐야
마침표 찍히면 끝날 세상인데
중간중간 쉼표 찍어두고
넉넉히 살다 가세

세월이 내 젊음을 삼키더니
껍데기 나이만 남겨두네

이젠 뒤로 갈 수도 없는데
도돌이표 찍은들 돌아갈 수 없는 길이라면
쉼표 하나 찍고
한숨 한 모금 내뱉으면 숨결도 가벼우리

그대 얼굴 주름살이
예쁜 곡선으로 퍼져가고
판판하던 갯벌에 움푹 파인 골짜기 그렸어도
그마저 곱더라네

그대의 바다
뻘밭 위 하얀 손 흔드는 농게가 속삭인다
쉬어가게
쉼표 하나 찍고
털썩 뻘밭에 앉아 잠시 쉬다 가게.

     #달밤의 사랑타령(사랑시)

반딧불이 사랑가

지독히도 사랑한
내 가슴의 노래를
너에게 불러줄까

낮은 하늘 오르내리며
나의 별은 날개 달고
깜빡이는 별빛으로
내 사랑이 춤춘다

이제 한 가락
노래가 되어버린 당신께
애태우는 내 마음이
조용히 사랑가를 부른다

별을 봐도 당신이요
달을 봐도 당신이라
어화둥둥 내사랑아

이 세상의 밤을 따라
당신과 함께 너울너울
반딧불이 되어 날고 싶소

하늘을 날던
그날 밤의 행복을
꿈이라도 잊으리오

날 밝으면 한 마리 반딧불이 되어도
내겐 별빛 한 줄기로 남은
어둠 속 사랑이요
내 사랑 별님이라오

당신이 이슬 젖은 풀숲 속으로
깜빡이며 떠나가면
어둠 속 샛별은 눈을 감고
조용히 잠이 든다

 #달밤의 사랑타령(사랑시)

치약 껍질에 담긴 내 글

죽죽 짜서 쉽게 쓰던 것이
속마음은 비워진 채
껍데기를
눌러 짜고 접어
마지막 한 방울을 얻으려
손끝을 떨고 있는 비루함이여

담긴 것 없는 빈털터리
껍질을 붙들고
글 한 구절을 얻으려 애원하는
몸짓으로 짜내고 짜내어
한 방울을 얻어
글 한 문장을 써 내려간다

껍질을 누른다고
없던 생각이 솟을까
내 머리 쥐어짜도 나오지 않는
치약 한 방울을
기어이 얻어내어

아무리 닦아 봐도
개운치 않은 나의 문장아
텁텁함을 거품처럼 덮어쓴
나의 졸작아

강아지풀

살랑살랑 흔들리는
한 뼘도 안 되는 네 꼬리는
나를 반기며
들판에 서 있다

바람에 흔들리며 저어대는
노란 황구 꼬리
여름 내내 강아지던 네가
가을 찬바람에
훌쩍 자라 백구가 되었구나

수북이 자란 하얀 털빛
참 곱다
바람결 스칠 때마다
나를 꼬리 흔들어 반김이
사랑스럽다

워리워리 백구야
그리도 반갑더냐
석양 노을 볕 비추는 언덕을
한달음에 뛰어오며
흔들리는 너의 꼬리가 살랑댄다

일 끝나고 집 가는 길
엉덩이까지 씰룩이며
달려드는 반가움에
가을이 노랗게 익었구나

  #달밤의 사랑타령(사랑시)

봄 그리고 당신

차갑게 토라진 바람 불어도
봄은 어김없이 찾아오고
가슴속에서 뽀글거리는 비누 거품처럼
멈추지 않는 당신의 사랑은
마음속을 넘칩니다

봄이 아지랑이에 휘감겨
어질어질 다가올 때
엄마 품에 안긴 아기처럼
내 마음은 사르르
포근함의 눈을 감습니다

가지마다 꽃몽우리는
툭툭 터져 오르고
힘주지 않아도 피어나는 꽃잎은
봄이 몰고 온 환희요

당신의 심장이
진달래꽃처럼 붉어지고
미소를 개나리처럼 여리게
벚꽃잎 흩날린 길을 걷는
당신의 마음은 순백입니다

꽃 피듯 찾아오신 당신은
활짝 핀 웃음 속 향기로
사랑이 머물지 못한 가슴에다
피워놓은 당신

당신이 피운 그 꽃이
내가 사는 이유라면
원 없이 바라보고
원 없이 사랑하렵니다

봄이 당신이라면
세상은 이미 꽃 피어 물들었습니다

 #달밤의 사랑타령(사랑시)

해 달 별 당신

당신은 해 같습니다
아침이면 떠올라
따스한 빛으로
내 마음을 비춥니다

당신은 달 같습니다
수줍은 얼굴로
밤을 잠재우는 엄마처럼
살며시 안아줍니다

달빛에 물들면
나는 살포시 잠이 들고

당신은 별 같습니다
짙은 어둠일수록
더 환히 빛나는 그 반짝임으로

구름에 가린 달이
다시 얼굴을 보일 때
조용히 사라지는 샛별처럼
그 별은
내 꿈속 당신입니다

어둠 속 당신
반딧불 한 점 깜빡임처럼
그리움이 반짝이면

해 달 별을 오가며
당신의 그리움은
나의 짐처럼 무겁다가도
하늘의 미소에 웃음을 짓습니다

세상 속 그리움이
왔다가 떠나기를 반복하듯
해 달 별 그리고 당신도
내 마음을 오가고 있는지

오늘은
내 마음 위로
당신이 떠오르는 날입니다

 #달밤의 사랑타령(사랑시)

자가진단

땀에 젖던 그날들을 살다가
백구처럼 뒹구는 지금
그대 하루를 뭐 하며 사는가

할 일이 없어 빈둥빈둥
쓸데없이 훗날의
죽음에 대한 고민을 한다

바쁘면 떠오르지 않을 상념을
한 주먹 주머니에 담아놓고
잊을 만하면
땅콩처럼 까서
입에 넣는다

매일 하는 푸념처럼
어디는 어질거리고
아프고 망가졌다며
혼자 의사가 된다

스스로
곧 죽어 사라질 줄 알고
정신줄 챙기기도
바빴고

조금 잊어도
괜찮을 기억들을
머리가 고장 났다며
약 하나를 더 먹어주면

약은 나를
괜히 헛배 부르게 한다

나이는 점점 벼슬처럼 자라나고
주름은
내 신용장처럼
빛을 잃어가는데

내 얼굴이 신용장처럼 팽팽하던
그 시절 젊음은 어디로 갔을까

   #달밤의 사랑타령(사랑시)

가슴앓이

무리진 구름 속을 흘러가도
어느새 나는 멀어져 있더라

가다 보면 혼자서 있었고
그럴 때면 생각나던 친구
내 외로움을
털어놓고 싶을 때
친구는 보이질 않네

외롭게 담아두다
서러워 울다가도 꺼내지 못해
쌓이고 또 쌓이니
상처로 남네

내 말 좀 들어줄래
별로 재미없을 건데
듣기만 해줘
목석처럼 있어 줘도 괜찮아

입이 막혀버릴까 봐 손가락으로
말들을 파냈다
벌써 시커멓게 썩어버린 말들은
욕설처럼 더러운 냄새를 냈고

말 들어줄 이 아무도 없는 세상에서
혼자는 외로웠는지
옆에 핀 꽃들은 행복해 보인다
그들의 입에선 하얗게 향기 나는
사랑해가 뿜어 나온다

이 닦아 햇볕에 말려둔
씻겨진 내 입도
꽃밭에 걸어두면 향기 묻어
사랑해가 피어날까

   #달밤의 사랑타령(사랑시)

길가 막대기처럼 쳐다봤다

난 당신 맘에 드는 사람이고 싶어도
현실은 그렇지 않습니다
지금 난 아무것도 아닌
길가 막대기처럼 서 있습니다

지나는 사람을 보며
당신이 올까
기다려도 아무도
봐주지 않는 막대기일 뿐입니다

보고 싶단 말만 해도 달아나는
당신이 야속합니다
이젠 추워진답니다
춥기 전에 매달린 감 모과 울타리 탱자도
같이 바라보며 가을을 말하고 싶었지만
싸늘한 바람만이 내 곁을 스쳐 갑니다

좀 지나면 다 떨어지겠지요
대롱대롱 흔들리다
추워서 못 견디고
낙엽이 되겠지요

불어오는 찬 바람에
내 가지에 매달린 잎새도
결국은 떨어지겠지요
찬 바람 불어
나뒹굴게 되겠지요

당신의 온기를 한없이 그리워해도
결국은 땅바닥을 굴러갈 겁니다

가을이라서지요
가을이어서
노랗게 열매 예쁜데
이젠 떨어지겠죠

모두 그렇게
헤어지는 가을이라서요

  #달밤의 사랑타령(사랑시)

빨간 사춘기

구부러진 길모퉁이
커다란 책가방 들고 걷는
작은 키 단발머리가
찰랑이는 모습에
가슴이 빨갛다

마음속에서는
너를 태우고 소곤대며
가로수길을 낭만스레 달렸지만
우린 너무도 모른 척
지나쳤다

그 빌어먹을 사춘기가
우리를 빨간 사과처럼 익혀
얼굴조차 보지 못하게 했다
천진하던 옛날은 사라지고
가슴을 간질이는 관심을
무관심처럼 연극을 하며 멀어진다

모든 게 궁금했고
그럴수록 더 멀어지던
우리는 쩍 갈라진
얼음처럼 차가운 물 위에
서로 다른 방향으로 떠내려갔다

가로수가 물들던 어느 날
동창회에서
이번엔 너의 따스한 손을
마치 반가움처럼
덥석 잡았다
다시 빨갛게 물드는 가슴을 보며
아직도 끝내지 못한 사춘기를 봤다

커다란 고목에서
한 송이 피어난 꽃처럼
맑게 피어오른
그 꽃잎은 유난히 곱다

사랑과 우정을 혼동하던 틈새에서
자라던 짝사랑을 뽑지 못해
몰래 키웠던 사춘기

넌 나를 모른 척했고
그런 너를
애써 관심마저 없는 듯
자전거 선수처럼
쌩하고 널 지나쳐 간
가슴 떨리도록 빨간 사춘기

    #달밤의 사랑타령(사랑시)

능소화 연정

그리움에 목메어
오르는 담장 언덕에
단단히 뿌리 하나 얹고

담장 너머 건네보는
설레는 가슴을
바람이 흔들어댑니다

눈 마주쳐 부끄러운
빨개진 얼굴
줄기 끝에 대롱대롱 매달아 놓고

당신을 몰래 보는 눈빛에
두근대는 가슴은
붉은 버선코처럼 뾰족이
연정이 싹트고

사랑에 붉게 물드는 나를
주체하지 못한 채
무겁게 흔들리다
꽃송이 뚝 떨어져 눕습니다

사랑해 달라
말하지 않습니다
다만 붉은 만큼만
가슴 열어주오

달밤 눈 마주치면
넝쿨에 핀 붉은 치맛자락은
바람 속을 살랑댑니다

당신을 기다리는 이 밤
밤바람 한 자락에
담장 위 능소화 꽃송이
사랑을 노래합니다

 #달밤의 사랑타령(사랑시)

쥐똥꽃 향기

나를 붙잡는 향기 한 무더기
귀족집 여인이 흘리고 간
고운 숨결처럼
길숲에 서 있던
쥐똥나무꽃은
그 조그만 꽃들로
나를 가로막는다

몇 번을 숨 들이마셔도
채워지지 않는 욕심으로
너의 가까이 얼굴 들이댈 때
무척 작은 별꽃 향내가
나를 질식시킬 듯하다

우리 사랑만큼 곱게 핀
너를 쥐똥꽃이라 불러도
반짝이는 작은 꽃 향기가
몹시 고귀해
세상의 구석에 피운
네 고운 향기에
나를 적신다

하늘색 꿈

하얗게 꽃핀 구름 사탕 당신
내 눈에 스쳐만 가도
얼룩이 질까

엄마 등에 업혀 올려다봤던
파란 하늘 속
그 꿈이 그리운데

이토록 검어진 세월 어쩌라고
하늘은 파랗고
구름은 하얗답니까

흐려도 괜찮습니다
내 빛깔이니까요
흐리게 살아서
비 내려도 울지 않아요

이렇게 밝으면
내 마음이 두렵고
고개 숙여 살았기에
하늘 보기 겁이 납니다

저 파랑 속을 떠다닌다면
구름처럼 포근히
하얀 웃음으로 필까요

거짓 없는 맑은 아이 눈처럼
초롱한 하늘색 꿈
한 점도 묻지 않은
그 파란 꿈을
찾으려 하늘을 봅니다

     #달밤의 사랑타령(사랑시)

아빠라서

나도 무서웠단다
나도 외로웠단다
어느 날
나 혼자 서 있는 걸 보면

미칠 거 같은데
이겨내야 했고
지치지도 못했단다

아빠는 대단하잖아

아빠라서
다 해내야 하거든

아빠는 꽃을 볼 줄 몰랐어
아빠 앞에는 꽃이 없었어
이젠 꽃이 보고 싶어

길가에 핀 한 송이가
너무 예쁘길래
이제야 봤어

그냥 바빴다고 핑계를 댈 게
바빠서 모두를 몰랐어
미안해

하지만
너희만큼 예쁜 꽃이 세상엔 없어
정말이야

미련

고리로 이어 꿰어진 인연이
사슬이 되어
내 온몸을 칭칭 감아온다

그대가 채우고 간 자물쇠는
풀 길을 잃은 채
오늘도 쇳소리를 내며
질질 끌려가고

무엇을 남기고 갔기에
나는 아직 너의 그림자에 묶여
울 것처럼 서 있는가

한 번도 펼쳐 보지 못하고
소중히 감춰둔 마음
자랑 한 번 못 하고
숨겨온 날들

한여름
옷 하나 훌훌 벗듯
너와의 인연도
벗어버릴 수 있다면 좋으련만

그것들은 미련도 아니고
아쉬움도 아니다

아직도 네가 좋아서
잠재우지 못한 마음 한쪽이
골목 가로등 불빛 아래서
밤새 너를 바라볼 뿐이다

  #달밤의 사랑타령(사랑시)

키 작은 코스모스

조그만 너
아주 조그만데
조그맣지 않은 너를 만나면
나는 한없이 좋단다

나풀나풀
깡충깡충
꽁지 춤추며
바람결에 살랑이는 너

나는 꽃과 함께 걷는다
꽃송이와 손을 잡고
몸을 흔든다
길가에 핀
키 작은 코스모스

작아 보여도
네 마음은 쉽게 와주지 않아
내 마음만 빼앗긴다

바람에 흔들리며
춤을 추고
너와 마주보며
손을 맞잡고 흔들흔들

가냘픈 너를 안고
바람결에
한없이 흔들거린다

처마에 걸친 달

처마에 달빛이
밝고 고운데
지나던 바람은
봄바람인가

나뭇가지 앙상해도 차갑지 않아
저 나무 뒤에서
소근거리는
봄의 태동 소리

어둠 속
달빛이 훈훈하여
봄은 오는가

처마 아래
떠오른 달은
꽃처럼 찾아드는
반가운 손님이라

봄 처녀 웃음소리
바람을 타고
처마에 걸친 달과
노닐다 간다

 #달밤의 사랑타령(사랑시)

말 못 한 사랑

오늘 만나서 말도 못 한 채
손만 잡았는데
내일은 오지 말란 말

사랑은 질투
사랑은 원망
당신이 밉네요

하루 종일 바라보던 그 얼굴
벌써 기억도 안 나요
내 앞에 와줘요

그 오랜 기억은
말로 못 해요
다시 본 그대를 가슴에 담아
전율하던 내가
이젠 모두를 내려놓습니다

이 세상 사랑은
모순투성이
이 세상 사랑은
겁쟁이

겁 없는 사랑도
이제 안녕

말하지 못해
끙끙 앓던 그 사랑
이제 그만둘래요

비 오면 걱정

온종일 비만 온다
뿌옇던 먼지도 떠내려갔고
반들반들 물 젖어
축축함만 남는데

어제 하다 만 이야기
말하려다 못한 사랑한단 말
해 버릴 걸 다 못했더니
이 비에 씻겨가면 어쩌나

가슴에다
우산을 씌울 수도 없는데
장마라서 날마다
비만 내린다

너의 가슴에다 사랑한다고
크게 써 놓은 내 글씨
아직 안 말랐는데
비 맞아
지워지면 어쩌나

꼬불꼬불 글씨가
안 예뻐서 쓰다가 만
내 사랑 이 비 그치면
후딱 써야지
해 비출 때 써서
말려 놔야지

그대 안의 단풍

내 마음 물들이던
당신은 저 멀리 가고
더는 곁에 오지 말라 합니다

맘속에 담았다가
노랗게 물든 잎
바람에 날리지도 말라 하니

노란 잎새 한 잎 한 잎 지고
당신 생각 몇 조각을 잃어버릴 때
찬 서리는
내 안의 그리움을 점점 노랗도록
간절하게 물들입니다

사랑했던 자리는
이미 물들어서

마른 잎새 한 잎 지고 난 뒤
당신 사랑 한 조각 잃고
헐렁해진 가슴이
기억마저 버리고
영영 나를 떠날까 싶습니다

간밤의 찬 바람은
그토록 단풍을 애태웠어도
한낮 햇볕에 간절함 곱도록 물들여 놓은 채
찬 바람 한 토막
서리 한 모금에
떠날 사랑은 절대 아닙니다

찬 서리 맞아 손 시려
울다 당신을 손 놓치면
난 떨어져 딩굴겠죠
저 높은 가지에서 떨어지면
심장이 터져 핏빛의
더 짙게 물이 들겠죠

찬 바람에 잎새 날면

당신이 차갑도록 미워하던 나는
낙엽 되어
당신의 산책길에서
바스락 소리로
울음 울렵니다

　#달밤의 사랑타령(사랑시)

당신이 그리운 밤

오늘 밤 내가 본 당신이
별빛이라면
마치 헛것을 본 듯
당신은 어둠 속에 떠 있었고

내가 잘못 본 게 아닌데도
당신은 반짝이고 있습니다
이토록 보고픈 밤
어둠이 짙어오면

별빛은 어찌나 또렷해지는지
별이 당신이면 좋으련만
내 맘도 모르는 별님은
저 멀리서 눈을 깜빡입니다

짙은 어둠 속
그리움이 밀려올 때마다
내 맘을 어둡게 가리면 될 줄 알았던
당신의 그리움이
도리어 점점 밝아져 올 때

정녕 내가 본
어둠 속 별빛이 당신이라면
이 밤이 새도록
나는 그 빛만 바라볼 텐데

당신을 별빛처럼 바라볼 수 있다면
어둠 깔린 마당에서
밤새도록 별만 바라볼 텐데

저 별이 당신이라면
당신이 저 별처럼
내 앞에 눈 떠준다면

어둠 속에서 깜빡이는 저 별이
정녕 당신이라면
나는 당신과
밤새 눈 맞추렵니다

 #달밤의 사랑타령(사랑시)

압력솥

내 안에 담은 너 한 줌이
터질 듯한 설렘으로
가득 차오른다

내 심장이 요절할 만큼
뜨거워지면
넌 딸랑거리는 추를
천천히 흔들어
나를 달랜다

머리 위를 빙빙 도는 추가
내뿜는 돌아 버릴듯한 사랑을
끝내 말로 못 하고
수증기 되어
가버린 나의 짝사랑

곧 터질 듯한 심장을
움켜쥐고 떨림을 견딜 뿐
확 열어 보여주고 싶어도
잠긴 가슴을 열지 못해
애먼 김만 칙칙칙 뺀다

눈물겹던 가마솥 사랑과는
다르게 처음엔 점잖다가
하지만 끝내 칙칙거리며
눈물 바람으로 호들갑 떨다
젊음의 사랑처럼
덤벙댄다

사랑은 그토록 뜨겁다가
한 줄기 김 빠지고 나면
식어가는 뚜껑처럼
조용히 가라앉았다

뚜껑 열면
하얀 쌀밥에 묻어나던
노릇한 한 숟갈 누룽지는
우리 뜨거운 사랑의 흔적인가

     #달밤의 사랑타령(사랑시)

아파요

얼마나 아팠는지
모든 말이
아파요였다

눈 뜬 순간부터
아파요
아파요
아파요

이만큼 아플 때가
있었을까?
아무리 입을 꾹 다물어도
저절로 새어 나왔다
나의 삶이
아픔이었나 보다

표시조차 내지 않으려
그토록 다잡아도
한순간에
나는 무너졌다

내 뼈를 다듬는
수없는 두드림의 진동들
그 괴로움에
아프다고 말하고야 만다

마취 속에서도
느껴지는 아픔은
대단했다

잘못 살아온 나를 깎고
내 설움을 깎고
내 고통까지 깎아내는
내 몸부림이었다

아파요

아무리 소리를 삼켜도
새 나오는 그 말에
아이처럼
눈물 흘리며
내 서러움이 훌쩍였다

   #달밤의 사랑타령(사랑시)

가을 넌 살금살금 다가왔다

잠자리를 잡으려는 어린아이 손이
꼬리를 잡으려는 듯
살금살금 뒤꿈치 들고 조용히 다가온 가을
네가 감나무에 며칠째 햇볕질해서
홍시를 만들더니

밤송이의 가시에 찔릴까 조심히
밤송이 입을 벌려
밤톨 삼 형제 나란히 세상 구경한다
네가 익혀놓는 가을은 빨갛다

이파리를 색칠하는 느긋한 붓질 솜씨는
어느새 산자락 울긋불긋 물들이고
가로수 은행나무는 노랗게 황금빛을 입는다

앞장서 걷던 여인의 엉덩이 예뻐
달빛 속에서 얼굴 붉히던 단풍의 가을은
한 잎 두 잎 가을 엽서를 보낸다

쓰고 또 쓰던 엽서 다 보내면
가을은 홀가분히 옷 벗어두고 떠나겠지
가을 넌 부스럭거려도 살금살금 다가왔다

마음 쑤시도록 비가 내리네

창밖엔 비 내리네요
나 우울한데 비마저 내리면
기분이 별로네요

건너편 옥상 바닥에
떨어지는 빗물 자국들은
동그랗게 동그랗게 그렸다가
자신을 지워버릴 때

바보 지우면 바보인데
너를 지워버린 채
바보처럼 울고 서서
너를 그리워한다

나의 한 주먹 그 가슴이 뭐라고
젖어버리고 눈물처럼 아파하고
울컥 넘칠 듯이
눈동자 위에 출렁댄다

바보 지우면 바보인데
너를 지워버린 채
바보처럼 울고 서서
너를 그리워한다

내가 생각하는 건
너 하나가 전부인데
빗물이 앞을 가린다

내리기만 하는 봄비가
밉기만 하네
한없이 밉기만 하네

  #달밤의 사랑타령(사랑시)

치유

아파요
눈뜨지 못한 내가 소리 내었다
그곳에선 지금의 모두를 내려놓아야 하고

웃음도 환희도 영광도 내겐 없었다
부패하는 내 육신과 부서진 내 삭신들의
흔적들이 허우적대고 있을 뿐이다

어쩌다가 이렇게 되었을까
후회는 언덕을 이루다가
절망의 낭떠러지만 보이는 그곳에
난 지쳐 누웠고
아픈 나를 치유하려 한다

푸석푸석 녹아내린 나를 도려낸다
내 마음의 작두로 사정없이 잘라내는
내 몸의 상처들과 마음속의 균열들

반성의 흔적들을 그곳에 내려두고
간절한 새살 돋아 오르는 쓰라린 상처를
두 손으로 소중하게 감싸준다

나는 치유받고 있었다

내가 한없이 사랑하는 나를
끌어안고 울고 있었다

침대 하나의 공간에서
나를 뒤척이며 속 깊은 신음을 내뱉을 때
가족의 걱정된 눈빛 두려움은
내가 남긴 또 하나의 커다란
상처의 짐이 되고 만다

신의 영역까지 넘나들며 구원해 주실
의사 선생님께 제 몸을 맡깁니다
부탁드립니다
나이팅게일 같은 우리 간호사님들께
내 몸뚱이는 미안함인 채로

서서히 깨어나고 있었다

나를 존중하려 한다
소중한 나를 허투루 쓰지 않으려 한다
치유되고 치유받는 속에서
다시 태어난 아기 같은 나를 다시
걸음마 시키며

한 걸음 한 걸음 세상 걷는 법을 배우고 있다
세상에 반듯하게 설 때 병들지 않은
건강한 세상 속에서
나는 치유를 끝내고 살아갈 것이다

  #달밤의 사랑타령(사랑시)

라일락꽃

당신을 내 마음에다
온통 꽃피워 버린 오늘은 봄입니다

연보랏빛 곱게 물든
당신의 꽃잎 하나를 손잡으려
부들부들 떨고 있는
바람은 봄바람입니다

내 마음속으로 향기롭게
숨 막힐 듯 밀려오는 향기는
라일락 그대였습니다

눈 떼지도 못할 만큼 작고 예쁜
사랑의 조각들로
나의 심장까지 꿰뚫어 버린 당신의
작은 꽃들이 뱉어낸
향기 짙은 아름다움에
난 숨이 멎어 눈을 감습니다

어찌 이리도 곱습니까
어쩌면 이렇게까지 당신은
내게 향기롭습니까
잠시도 눈 떼지 못해서 반해 있고
휘감긴 그 향기에서조차 벗어나지 못한 채로
사랑하여 발버둥 칩니다

라일락꽃 그대의 가지 아래 서 있던 밤
숨 막히도록 사랑하여 탄식하던 어둠 속을
하얗게 밝히는 꽃송이의 흔들림은
당신이 짙게 화장하던 그 밤이었습니다

아이스 아메리카노

콩을 그리 까맣게 볶아 태우고서
물로 씻어내다니
씻어낸 콩을 먹지
우려낸 물을 찾네

구수함보다 쓴맛을 마시며
따스함도 아닌
얼음을 부으면
하지만 빛깔은 곱구나

분리되는 맛과 향 숨겨 있어
궁금하여
멋진 발음의 미국말
아이스 아메리카노를 마신다

적응되기보다는
구수한 숭늉이 그립다
차가움보다
따스한 숭늉의 온기를 마시고 싶다

아들 딸과의 구수한
대화를 위해
세대의 벽을 넘기 위해
오늘도
아이스 아메리카노를 주문한다

까만 차 한 잔에서
마음속 맛과 향기 빛깔을 펼쳐놓고
사랑을 마셨다

아이스 아메리카노를
향기롭게 마시는 법을 배운다

 #달밤의 사랑타령(사랑시)

꼬마 반딧불이[동시]

밤이면 별빛을 담아

너울너울 춤추며

멀어지는 너를 따라나선

아이의 발길이 총총거린다

빗방울 변주곡

빗방울이 빠르게
건반을 치면
후두두둑
소나기 세차게 오고

백설 공주 노랫소리를
물방울로 그리면
예쁜 우산 들고나와
모두는 춤을 추어요

손잡고 노래 부르는
아이들은
빗속도 아랑곳없이
물 위를 뛰어
건반을 통통통 밟으며
신나게 반주합니다

청개구리 개굴개굴
합창 소리 끝나고 나면
개구쟁이 예쁜 우산
곱게 접을 때
빗방울 변주곡은
소리 없이
끝이 납니다

신호등

엄마랑 손잡고
신호등을 건널 때
손을 높이 번쩍 들어요

엄마를 따라가며
손 높이 들고
건너는 아기가
꽃처럼 예쁘게
방글방글 웃네요

엄마 손 꼭 잡고
배운 그대로
정직하게 손 들고
신호등을 건너요

손 높이 들고
건너는 아이
눈빛이
초롱초롱 깜빡일 때

신호등도
두 눈을 깜빡깜빡
아기가 잘했다며
깜빡깜빡
박수 쳐 주네요

발가락 열 개

다섯 명 다섯 명 모여서
깔깔대며 노는 모습

엄지는 제일 큰 형아이고
막내는 이름도 못 지은
새끼발가락

엄지가 환하게 웃을 때
막내는 수줍어
얼굴을 숨기고

개구쟁이 열 발가락이 놀이를 한다
양말 속에 쏙 숨고
신발 속에 쏙 숨는
숨바꼭질

다섯 명씩
양말에 쏙 숨고
또다시
신발 속에 쏙 숨었다

아빠 신발 신고
덜렁덜렁 도망가는
아기 발가락
쳐다보던 엄마도
깔깔대며
재밌다고 웃는다

#꼬마 반딧불이[동시]

느림보 달팽이

단단하지도 않은 갑옷을 입고
어슬렁 어슬렁 가지를 오른다
거북이보다도 더 느린
게으름뱅이 달팽이

이마의 뿔 까불대며
빙글빙글 어지러운
껍데기 갑옷을 입고

나무를 낑낑 오르다
대롱대롱 잎새 끝에 매달려
한가한 얼굴로
노래를 부른다

달릴 줄도 모르는 달팽이가
달리기 시합을 한다
아무리 달려도
제자리인데

잘난 척, 잘난 척
뽐을 내면서
귀여운 이마의 뿔을 흔들며
느릿느릿 엉금엉금
기어간다

느림보 달팽이
빠른 척하네
야야야야
내가 최고야

둥개타령

둥개 둥개 둥개야
우리 애기 울지 마라
얼뚱 애기 울지 마라
두둥개 둥개야

우리 엄마 손바닥에
나를 얹어 흔들면
꽃봉오리 방실댄다
둥개둥개 둥개야

한 손으로 나를 번쩍
둥개둥개 꽃 흔들면
방실방실 웃는 애기
꽃봉오리 두둥개

나 흔드는 우리 엄마
나를 보고 웃어준다
둥개둥개 둥개야
두둥개 둥개야

꽃 한 송이 활짝 피면
우리 엄마 웃는다
둥개둥개 둥개야
두둥개 둥개야

#꼬마 반딧불이[동시]

호박꽃 음악공책

신난 듯 구부러진
높은음자리표
꼬불꼬불 줄기에 앞장세우고
이 가지 저 가지 옮겨 다니며
호박꽃을 예쁘게 피워 놓아요

소나기 내려도 아랑곳없이
달팽이 수염을 높이 들고
더듬더듬 느릿느릿 기어다니며
오선지를 만들어
노래를 불러요

다섯 줄 줄기에다
호박꽃 달아
아름다운 노래를
그려 놓아요

텃밭에 그려진 악보를 보며
허수아비는
팔 벌려 지휘를 하고

참새 떼 짹짹짹 노래 부를 때
밭매던 할머니
허리를 펴고
즐거워라 덩실덩실
춤을 추시니
텃밭의 호박꽃도
춤추며 노래 부른다

대롱대롱

빗방울 하나, 둘
난간에
대롱대롱 매달려요

친구 곁에 쪼르륵 모여 앉으니
큰 방울 되어
뚝-하고 떨어지네요

주르륵-뚝
주르륵-뚝

여기는 2층
발아래는 1층
흔들흔들 겁도 없이
폴짝폴짝
뛰어내려요

주르륵-뚝
주르륵-뚝

엄마가 알면
눈 동그랄 텐데

주르륵-뚝
주르륵-뚝

비 내리는 난간에
귀여운 물방울들
비 맞으며
대롱대롱
놀이를 해요

#꼬마 반딧불이[동시]

살금살금

숨 크게 멈추고
살금살금 다가가는 아기는
나비 날개가 욕심나서

예쁜 날개를 달고 싶어
신발도 벗어
발꿈치 높이 쳐들고
살금살금 다가서는 우리 아기
손끝도 숨을 죽인다

깜짝 놀란 나비가
훨훨 날아서 가는데
아기 맘도 모르고
훨훨 날아서 가는데

엄마, 나비 잡아 줘
엄마, 나비 잡아 줘

엄마에게 뛰어가는 아기는
나비 날개를 단 것처럼
두 손을 팔랑 팔랑거리며
잡아 달라 조른다

눈물 고인 눈으로
간절히
엄마를 바라보길래

나비가
봉숭아 가지에 앉아
손톱 빨갛게 물들일 때

엄마도 숨을 죽여
손을 길게 뻗은 채
발꿈치
높이 들고
살금살금
다가간다

#꼬마 반딧불이[동시]

하얀 구름

엄마가 사 준 고운 옷
파란 하늘에서
펄럭거려요

아빠가 사 준
하얀 원피스
저 높은 빨랫줄에
걸려 날리네

오늘은 마를까
내일은 하얗게
공주가 되고 싶은데
언제 마를까

빨리빨리
말라라

선풍기 돌려서
빨리 말릴까
비둘기 지나가며
날갯짓해 주면
금세 마를 텐데

저 하늘에 걸린
하얀 구름옷
살랑살랑
백설공주옷
파란 하늘에서
둥둥 떠 있네요

비눗방울

손들어, 꼼짝마
비누 거품 춤추며 날고
엄마 아빠도 손 들어
사랑방울 맞고
쓰러진다

눈 하나 질끈 감고서
앙증맞게 쏘는
사랑의 방울들

할머니 이모도 손 들어
질끈 감은 눈으로
윙크 한방을
너무도 귀엽게
찡긋하고

뾰봉 뾰봉
총알 소리가
재롱을 떨면
가슴에 흠뻑 맞은
비눗방울 사랑 방울
톡톡톡
소리 내며 터진다

백점

연못에 소나기
후두둑 내려와
물 위에다
동그라미 백 점 백 점
도장을 찍어요

운동장에 이슬비
살짝 내려와
빨강 우산, 노랑 우산
동그랗게
도장 찍어요
동글동글

참 잘했어요

엄마는 백 점만 좋아해서
비 오는 날
친구들과 놀고 싶어도
백 점짜리 동그라미 만들러
학원에 가요

엄마는 백 점만 좋아해
나는 친구들이 좋은데
엄마는
내 마음도 몰라

바보

뻥튀기

커다란 과자 먹었어도
안 먹은 것처럼
배는 고프고

입안에 넣으면 사르르
별맛도 아닌데
맛있는 척
녹아버린 뻥튀기

동그란 얼굴은
커다랗고 못생겼어도
예뻐만 했었지

뻥 소리 내며
연기 속에서 나타나던
내 사랑
동그란 얼굴의 뻥튀기

달콤하지 않아도
살살 녹는 과자처럼
사르르 스며드는
우리의 사랑

뻥 소리에
부풀어 오르는 고소한 사랑
뻥 소리로
커져버린 우리의 행복

망치쟁이 아리랑

문대준 제2시집

2026년 2월 9일 초판 1쇄
2026년 2월 11일 발행
지 은 이 : 문대준
펴 낸 이 : 김락호
디자인 편집 : 이은희
기 획 : 시사랑음악사랑
연 락 처 : 1899-1341
홈페이지 주소 : www.poemmusic.net
E-Mail : poemarts@hanmail.net

정가 : 13,000원
ISBN : 979-11-6284-633-9